这里不是脱胶，是为了方便平摊哦！

诗画中国·

# 梦长安

## 唐诗经典涂色集

哒哒猫 著

人民邮电出版社
北京

**图书在版编目（CIP）数据**

诗画中国. 梦长安 : 唐诗经典涂色集 / 哒哒猫著
. -- 北京 : 人民邮电出版社, 2024.5
ISBN 978-7-115-62880-0

Ⅰ. ①诗… Ⅱ. ①哒… Ⅲ. ①唐诗一青少年读物
Ⅳ. ①I22-49

中国国家版本馆CIP数据核字(2023)第198643号

## 内 容 提 要

唐诗内容之丰富、语句之精妙，反映出中文独特的美感。本书是一本面向青少年的唐诗描红涂色书，精选了36首脍炙人口的唐诗，匹配小学、初中、高中语文课本，用生动可爱的Q版形象演绎诗中情景，用孩子喜欢的插画方式还原诗词大意，把诗词内容图像化。书中人物Q萌可爱，场景道具精致细腻，让过目难忘，能够极大程度地提高青少年的学习热情。同时，书中还搭配了硬笔书法描红练习。本书集读诗或读诗、练字、涂色等多种玩法于一体，能够激发孩子对语文学习的兴趣，真正做到寓教于乐。

本书适合6～16岁的学生课外阅读学习使用。

◆ 著　　　　哒哒猫
责任编辑　何建国
责任印制　周昇亮

◆ 人民邮电出版社出版发行　　北京市丰台区成寿寺路 11 号
邮编　100164　　电子邮件　315@ptpress.com.cn
网址　https://www.ptpress.com.cn
河北京平诚乾印刷有限公司印刷

◆ 开本：889×1194　1/32
印张：2.5　　　　2024 年 5 月第 1 版
字数：128 千字　　2024 年 5 月河北第 1 次印刷

定价：39.90 元

**读者服务热线：(010)81055296　印装质量热线：(010)81055316**
**反盗版热线：(010)81055315**
**广告经营许可证：京东市监广登字 20170147 号**

## 前言

『熟读唐诗三百首，不会作诗也会吟』，唐诗内容之丰富、语句之精妙，反映出中文独特的美感。人们有了所见所感，于是赋诗书写、作画记录，诗、书、画三者融为一体，相辅相成。

在这本书中，我们整理了36首经典唐诗，并截取经典段落制作了硬笔书法描红帖，还为每首诗创作了可爱的漫画插图。把诗词内容图像化，让读诗或背诗、练字、涂色变得更加轻松有趣！

哒哒猫

扫码关注公众号

回复**诗画中国**获取配色参考

## 玩法介绍

读诗

生僻字带拼音注释，方便诵读

练字

描红字帖，提笔就能写

涂色

可尝试临摹，也可直接涂色创作

江雪……一六

赠花卿……一八

竹里馆……二〇

乌衣巷……二二

秋夕……二四

枫桥夜泊……三六

春怨……三八

友人婚杨氏催妆……四〇

江畔独步寻花·其六……四二

山居秋暝……四四

# 目录

题都城南庄……八

采莲曲……一〇

宫中词……一二

清平调·其一……一四

观公孙大娘弟子舞剑器行……二六

长干行·其一……二八

正月十五夜……三〇

怨情……三二

寒食城东即事……三四

和乐天春词……五六
遣怀……五八
燕子楼三首·其一……六〇
美人梳头歌……六二
离思五首·其四……六四


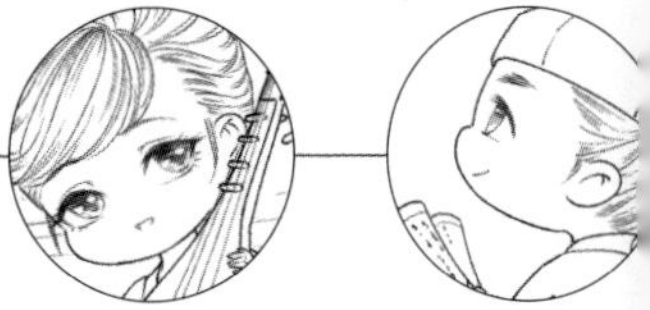


阙题……七六
琵琶行……七八

春晓……四六

柳……四八

相思……五〇

寻隐者不遇……五二

梅花……五四

优悲白头翁……六六

早春呈水部张十八员外……六八

问刘十九……七〇

秋词……七二

柳枝词……七四

# 题都①城南庄

——〔唐〕崔护

去年今日此门中，
人面②桃花相映红。
人面不知何处去，
桃花依旧笑③春风。

**注释**

①都：国都，指唐代长安。②人面：姑娘的脸，第三句中指代姑娘。③笑：形容桃花盛开的样子。

去年今日此门中，
人面桃花相映红。

## 采莲曲

——〔唐〕王昌龄

荷叶罗裙一色裁①，
芙蓉向脸两边开。
乱入池中看不见②，
闻歌始觉③有人来。



注释

①一色裁：像是用同一颜色的衣料剪裁的。②看不见：分不清。③始觉：才知道。

荷叶罗裙一色裁，
芙蓉向脸两边开。

# 宫中词

——〔唐〕朱庆馀

寂寂花时闭院门，
美人相并立琼轩[①]。
含情欲说宫中事，
鹦鹉前头不敢言。



**注释**

①琼轩：对廊台的美称。

寂寂花时闭院门，
美人相并立琼轩。

## 清平调·其一

——〔唐〕李白

云想衣裳①花想容，
春风拂槛②露华浓③。
若非④群玉⑤山头见，
会向瑶台月下逢。



**注释**

①裳[cháng]：古代衣服为上衣下裳。②槛[jiàn]：栏杆。③露华浓：牡丹花沾着晶莹的露珠更显其颜色艳丽。④若非……会向相当于“不是……就是……”⑤群玉：山名。

云想衣裳花想容，
春风拂槛露华浓。

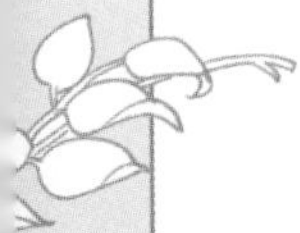

## 江雪

——〔唐〕柳宗元

千山①鸟飞绝，
万径人踪②灭。
孤舟蓑笠③翁，
独钓寒江雪。



**注释**

①千山：虚指，指千万座山。第二句“万径”也是虚指，指千万条路。②人踪：人的脚印。③蓑笠[suō lì]：蓑衣和斗笠。

千山鸟飞绝，万径人踪灭。孤舟蓑笠翁，独钓寒江雪。

## 赠花卿[1]

——〔唐〕杜甫

锦城[2]丝管[3]日纷纷，
半入江风半入云。
此曲只应天上[4]有，
人间能得几回闻[5]。



**注释**

①花卿：成都尹崔光远的部将花敬定。②锦城：即锦官城，这里指成都。③丝管：弦乐器和管乐器，这里泛指音乐。④天上：双关语，虚指天宫，实指皇宫。⑤几回闻：本意为听到几回，文中指人间很少听到。

此曲只应天上有，
人间能得几回闻。

# 竹里馆

——〔唐〕王维

独坐幽篁①里，
弹琴复长啸。
深林人不知，
明月来相照。



**注释**

①幽篁[huáng]：幽深的竹林。

独坐幽篁里，
弹琴复长啸。深林
人不知，明月来相照。

# 乌衣巷

——〔唐〕刘禹锡

朱雀桥边野草花，
乌衣巷口夕阳斜①。
旧时②王谢③堂前燕，
飞入寻常百姓家。



**注释**

①斜：古音为xiá。②旧时：指晋代。③王谢：指晋相王导和谢安。世家大族贤才众多，皆居巷中，冠盖簪缨，为六朝巨室，至唐时皆衰落不知其处。

旧时王谢堂前燕，
飞入寻常百姓家。

# 秋夕

——〔唐〕杜牧

银烛秋光冷画屏，
轻罗小扇扑流萤。
天阶[①]夜色凉如水，
卧看牵牛织女星。



**注释**

①天阶：露天的石阶。

银烛秋光冷画屏，
轻罗小扇扑流萤。

# 观公孙大娘弟子舞剑器行

——〔唐〕杜甫

昔有佳人公孙氏，　一舞剑器动四方。
观者如山①色沮丧，天地为之久低昂②。
㸌如羿射九日落，　矫如群帝骖③龙翔。
来如雷霆收震怒，　罢如江海凝清光。
绛唇珠袖两寂寞④，晚有弟子传芬芳。
临颍美人在白帝，　妙舞此曲神扬扬。
与余问答既有以，　感时抚事增惋伤。
先帝侍女八千人，　公孙剑器初第一。
五十年间似反掌，　风尘⑤澒洞⑥昏⑦王室。
梨园弟子散如烟，　女乐余姿映寒日。
金粟堆南木已拱，　瞿唐石城草萧瑟。
玳筵急管曲复终，　乐极哀来月东出。
老夫不知其所往，　足茧荒山转愁疾。



**注释**

①观者如山：形容人很多。②低昂：一起一伏，表示震动。③骖[cān]：驾在车两旁的马，这里用作动词。④两寂寞：指人舞俱亡。⑤风尘：比喻战乱。⑥澒洞[hòng]：弥漫无际。⑦昏：比喻国运衰退。

昔有佳人公孙氏，一舞剑器动四方。
观者如山色沮丧，天地为之久低昂。

# 长干行·其一

——〔唐〕李白

妾发初覆额，折花门前剧[1]。
郎骑竹马来，绕床[2]弄青梅。
同居长干里，两小无嫌猜。
十四为君妇，羞颜未尝开。
低头向暗壁，千唤不一回。
十五始展眉，愿同尘与灰。
常存抱柱信[3]，岂上望夫台。
十六君远行，瞿塘滟滪堆。
五月不可触，猿声天上哀。
门前迟行迹，一一生绿苔。
苔深不能扫，落叶秋风早。
八月蝴蝶黄，双飞西园草。
感此伤妾心，坐愁红颜老。
早晚下三巴，预将书报家。
相迎不道远，直至长风沙。



**注释**

①剧：游戏。②床：井栏，后院水井的围栏。③抱柱信：典出《庄子·盗跖篇》，写尾生与一女子相约于桥下，女子未到而突然涨水，尾生守信不肯离去，抱着柱子却被水淹死。

郎骑竹马来，
绕床弄青梅。
同居长干里，
两小无嫌猜。

# 正月十五夜

——〔唐〕苏味道

火树银花合，星桥铁锁开①。
暗尘随马去，明月逐人来②。
游伎皆秾李③，行歌尽落梅。
金吾④不禁夜，玉漏⑤莫相催。

**注释**

①铁锁开：比喻京城取消宵禁。②逐人来：追随人流而来。③秾李[nóng]：指观灯歌伎打扮得艳若桃李。④金吾：原指仪仗队或武器，此处指禁卫军。⑤玉漏：用玉做的计时器皿。

金吾不禁夜，
玉漏莫相催。

# 怨情

——〔唐〕李白

美人卷珠帘，
深坐①颦蛾眉②。
但见泪痕湿，
不知心恨谁。



注释

①深坐：久久呆坐。②颦蛾眉[pín]：皱眉。

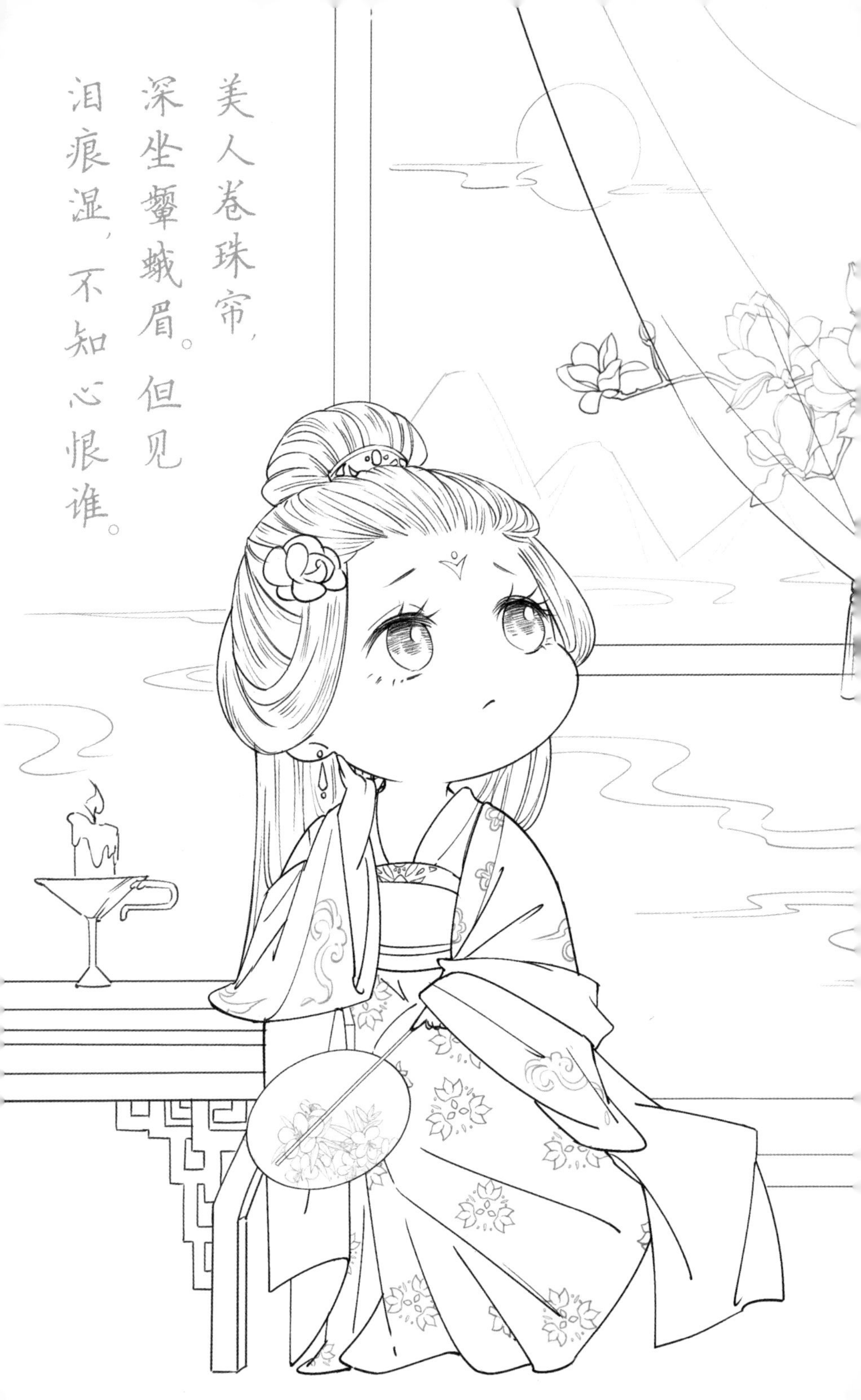
美人卷珠帘，
深坐颦蛾眉。
但见泪痕湿，
不知心恨谁。

# 寒食城东即事

——〔唐〕王维

清溪一道穿桃李，
演漾①绿蒲涵②白芷。
溪上人家凡③几家，
落花半落东流水。
蹴踘④屡过飞鸟上，
秋千竞出垂杨里。
少年分日⑤作遨游，
不用清明⑥兼上巳⑦。



**注释**

①演漾：荡漾。②涵：沉浸。③凡：总共。④蹴踘[cù jū]：同“蹴鞠”，即古代踢球的游戏。⑤分日：指逐日，意为一天天、每天。⑥清明：节气名。⑦上巳：节日名。

蹴踘屡过飞鸟上，
秋千竞出垂杨里。

# 枫桥夜泊

——〔唐〕张继

月落乌啼霜满天①，
江枫渔火对愁眠。
姑苏城外寒山寺，
夜半钟声到客船。



**注释**

①霜满天：形容天气极冷。

月落乌啼霜满天，
江枫渔火对愁眠。

# 春怨

——〔唐〕刘方平

纱窗日落渐黄昏，
金屋①无人见泪痕。
寂寞空庭②春欲晚，
梨花满地不开门。



**注释**

①金屋：妃嫔所住的宫室。②空庭：幽寂的庭院。

寂寞空庭春欲晚

# 友人婚杨氏催妆

——〔唐〕贾岛

不知今夕是何夕，
催促阳台近镜台。
谁道芙蓉水中种，
青铜镜里一枝开。

谁道芙蓉水中种，
青铜镜里一枝开。

# 江畔独步寻花·其六

——〔唐〕杜甫

黄四娘家花满蹊①，
千朵万朵压枝低。
留连②戏蝶时时舞，
自在娇③莺恰恰④啼。



**注释**

①蹊[xī]：小路。②留连：留恋，舍不得离去。③娇：可爱的样子。④恰恰：象声词，形容鸟叫的声音和谐动听。

留连戏蝶时时舞，
自在娇莺恰恰啼。

# 山居秋暝[1]

——〔唐〕王维

空山新雨后，天气晚来秋。
明月松间照，清泉石上流。
竹喧归浣女[2]，莲动下渔舟。
随意[3]春芳歇[4]，王孙[5]自可留。



注释

①暝[míng]：日落，天色将晚。②浣女[huàn]：洗衣服的姑娘。③随意：任凭。④歇：消散，消失。⑤王孙：原指贵族子弟，后来也泛指隐居的人。

明月松间照，清泉石上流。竹喧归浣女，莲动下渔舟。

# 春晓

——〔唐〕孟浩然

春眠不觉晓[①]，
处处闻啼鸟。
夜来风雨声，
花落知多少[②]。



注释

①不觉晓：不知不觉天就亮了。②知多少：不知道有多少。

春眠不觉晓，处处闻啼鸟。夜来风雨声，花落知多少。

# 柳

——〔唐〕郑谷

半烟半雨江桥畔，
映杏映桃山路中。
会得离人①无限意②，
千丝万絮惹③春风。



**注释**

①离人：远离故乡的人。②无限意：指思乡的情感。③惹：招引，挑逗。

会得离人无限意，
千丝万絮惹春风。

# 相思

——〔唐〕王维

红豆生南国，
春来发几枝。
愿君多采撷[1]，
此物最相思[2]。



**注释**

①采撷[xié]：采摘。②相思：想念。

红豆生南国，
春来发几枝。
愿君多采撷，
此物最相思。

# 寻隐者不遇

——〔唐〕贾岛

松下问童子，
言师采药去。
只在此山中，
云深[①]不知处。



**注释**

①云深：山上的云雾缭绕。

松下问童子，言师采药去。
只在此山中，云深不知处。

# 梅花

——〔唐〕崔道融

数萼①初含雪②，孤标③画本难。
香中别有韵，清极不知寒。
横笛和愁听，斜枝倚病看。
朔④风如解意，容易莫摧残。



**注释**

①萼[è]：花萼。②雪：白色的梅花。③孤标：形容清峻突出。④朔[shuò]：北方。

朔风如解意，
容易莫摧残。

# 和乐天春词

——〔唐〕刘禹锡

新妆宜面①下朱楼②，
深锁春光一院愁。
行到中庭数花朵，
蜻蜓③飞上玉搔头④。



**注释**

①宜面：脂粉和脸色很匀称。②朱楼：指富贵女子的住所。③蜻蜓：暗指女子头上的香气。④玉搔头：玉簪。

行到中庭数花朵，
蜻蜓飞上玉搔头。

# 遣怀

——〔唐〕杜牧

落魄①江南载酒行，
楚腰②肠断掌中轻。
十年一觉扬州梦，
赢得青楼③薄幸④名。



**注释**

①落魄：仕宦潦倒不得意。②楚腰：指细腰美女。③青楼：旧指精美华丽的楼房，也指妓院。④薄幸：薄情。

十年一觉扬州梦，
赢得青楼薄幸名。

# 燕子楼三首·其一

——〔唐〕白居易

满窗明月满帘霜，
被冷灯残拂卧床。
燕子楼中霜月夜，
秋来只为一人长。

燕子楼中霜月夜，
秋来只为一人长。

# 美人梳头歌

——〔唐〕李贺

西施晓梦绡帐[1]寒，香鬟[2]堕髻[3]半沉檀。
辘轳咿哑转鸣玉，惊起芙蓉睡新足。
双鸾开镜秋水光，解鬟临镜立象床。
一编香丝云撒地，玉钗落处无声腻。
纤手却盘老鸦色，翠滑[4]宝钗簪不得。
春风烂漫恼娇慵，十八鬟多无气力。
妆成婑鬌[5]欹[6]不斜，云裾[7]数步踏雁沙。
背人不语向何处？下阶自折樱桃花。



**注释**

①绡帐：丝织的床帐。②鬟[huán]：旧时妇女梳的环形发髻。③堕髻[duò jì]：堕马髻的简称，古代一种常见的女式发型。④翠滑：色黑而润泽。⑤婑鬌[wǒ duǒ]：形容发髻美好。⑥欹[qī]不斜：似斜非斜。⑦云裾[jū]：轻柔飘动如云的衣襟。

纤手却盘老鸦色，
翠滑宝钗簪不得。

# 离思五首 · 其四

——〔唐〕元稹

曾经沧海难为水，
除却①巫山不是云。
取次②花丛懒回顾，
半缘③修道半缘君。



**注释**

①除却：除了。②取次：仓促。③半缘：一半是因为。

曾经沧海难为水，
除却巫山不是云。

# 代悲白头翁

——〔唐〕刘希夷

洛阳城东桃李花，飞来飞去落谁家？
洛阳女儿好颜色[1]，坐见落花长叹息。
今年花落颜色改，明年花开复谁在？
已见松柏摧为薪[2]，更闻桑田变成海。
古人无复洛城东，今人还对落花风。
年年岁岁花相似，岁岁年年人不同。
寄言全盛红颜子，应怜半死白头翁。
此翁白头真可怜，伊昔红颜美少年。
公子王孙芳树下，清歌妙舞落花前。
光禄池台文锦绣，将军楼阁画神仙。
一朝卧病无相识，三春行乐在谁边？
宛转蛾眉能几时？须臾[3]鹤发[4]乱如丝。
但看古来歌舞地，惟有黄昏鸟雀悲。



**注释**

①颜色：指容颜美貌。②薪：柴薪。③须臾[yú]：片刻，极短的时间。④鹤发：指白发。

公子王孙芳树下，
清歌妙舞落花前。

# 早春呈水部张十八员外

——〔唐〕韩愈

天街小雨润如酥①，
草色遥看近却无。
最是②一年春好处③，
绝胜烟柳满皇都④。



**注释**

①润如酥：指春雨的细腻。②最是：正是。③处：时。④皇都：指长安。

天街小雨润如酥，草色遥看近却无。最是一年春好处，绝胜烟柳满皇都。

# 问刘十九①

——〔唐〕白居易

绿蚁②新醅③酒，
红泥小火炉。
晚来天欲雪④，
能饮一杯无⑤？



注释

①刘十九：指刘禹锡的堂兄刘禹铜。②绿蚁：浮在新酿米酒上的绿色泡沫。③醅[pēi]：酿造。④雪：下雪。⑤无：表示疑问的语气词。

绿蚁新醅酒，红泥小
火炉。晚来天欲雪，
能饮一杯无？

# 秋词

——〔唐〕刘禹锡

自古逢秋悲寂寥，
我言秋日胜春朝①。
晴空一鹤排云②上，
便引诗情到碧霄③。



**注释**

①春朝：春天。②排云：冲破云霄。③碧霄：青天。

晴空一鹤排云上，
便引诗情到碧霄。

## 柳枝词

——〔唐〕刘禹锡

清江一曲柳千条，
二十年前旧板桥。
曾与美人桥上别，
恨无消息到今朝。

清江一曲柳千条，二十年前
旧板桥。曾与美人桥
上别，恨无消息
到今朝。

# 阙题

——〔唐〕刘昚虚

道由①白云尽，春与青溪长。
时有落花至，远随流水香。
闲门②向山路，深柳读书堂。
幽映③每白日，清辉照衣裳。



**注释**

①由：因为。②闲门：环境清幽，俗客不至的门。③幽映：指“深柳”在阳光映照下产生的浓荫。

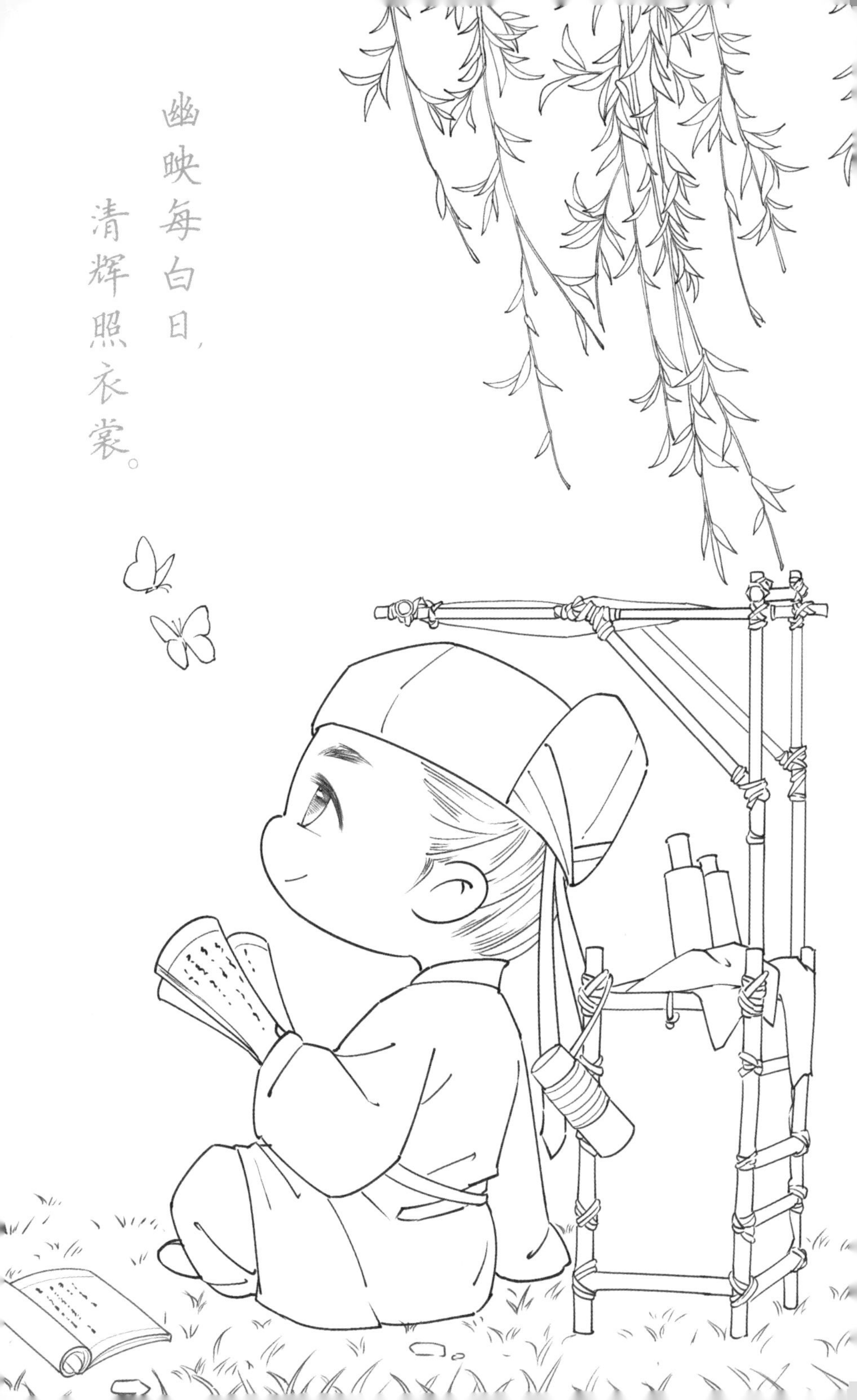
幽映每白日，
清辉照衣裳。

# 琵琶行

——〔唐〕白居易

浔阳江头夜送客，枫叶荻花秋瑟瑟。主人下马客在船，举酒欲饮无管弦。醉不成欢惨将别，别时茫茫江浸月。

忽闻水上琵琶声，主人忘归客不发。寻声暗问弹者谁，琵琶声停欲语迟。移船相近邀相见，添酒回灯重开宴。千呼万唤始出来，犹抱琵琶半遮面。转轴拨弦三两声，未成曲调先有情。弦弦掩抑声声思，似诉平生不得志。低眉信手续续弹，说尽心中无限事。轻拢慢捻抹复挑，初为《霓裳》后《六幺》。大弦嘈嘈如急雨，小弦切切如私语。嘈嘈切切①错杂弹，大珠小珠落玉盘。间关莺语花底滑，幽咽泉流冰下难。冰泉冷涩弦凝绝，凝绝不通声暂歇。别有幽愁暗恨生，此时无声胜有声。银瓶乍破水浆迸，铁骑突出刀枪鸣。曲终收拨当心画②，四弦一声如裂帛。东船西舫悄无言，唯见江心秋月白。

沉吟放拨插弦中，整顿衣裳起敛容。自言本是京城女，家在虾蟆陵③下住。十三学得琵琶成，名属教坊第一部。曲罢曾教善才服，妆成每被秋娘妒。五陵年少争缠头，一曲红绡不知数。钿头银篦④击节碎，血色罗裙翻酒污。今年欢笑复明年，秋月春风等闲度。弟走从军阿姨死，暮去朝来颜色故。门前冷落鞍马稀，老大嫁作商人妇。商人重利轻别离，前月浮梁买茶去。去来⑤江口守空船，绕船月明江水寒。夜深忽梦少年事，梦啼妆泪红阑干⑥。

我闻琵琶已叹息，又闻此语重唧唧。同是天涯沦落人，相逢何必曾相识！我从去年辞帝京，谪居卧病浔阳城。浔阳地僻无音乐，终岁不闻丝竹声。住近湓江地低湿，黄芦苦竹绕宅生。其间旦暮闻何物？杜鹃啼血猿哀鸣。春江花朝秋月夜，往往取酒还独倾。岂无山歌与村笛，呕哑嘲哳⑦难为听。今夜闻君琵琶语，如听仙乐耳暂⑧明。莫辞更坐弹一曲，为君翻作《琵琶行》。

感我此言良久立，却坐促弦弦转急。凄凄不似向前声，满座重闻皆掩泣。座中泣下谁最多？江州司马青衫湿。



**注释**

①切切[qiè]：细促轻幽，急切细碎。②当心画：用拨子在琵琶的中部划过四弦，是一曲结束时经常用到的手法。③虾蟆陵[há ma]：唐朝时有名的娱乐地区。④钿[diàn]头银篦[bì]：镶嵌着花钿的篦形发饰。⑤去来：走了以后。⑥阑干：纵横散乱的样子。⑦呕哑嘲哳[ōuyā zhāozhā]：形容声音噪杂。⑧暂：突然。

千呼万唤始出来，犹抱琵琶半遮面。

更多精彩涂色书供您选择